AF353820

نور تن کہانیاں

حصہ: ۳

(بچوں کی کہانیاں)

شمیم احمد

© Taemeer Publications LLC

Nau Ratan KahaniyaaN : Part-3

by: Shamim Ahmad

Edition: October '2024

Publisher :

Taemeer Publications LLC (Michigan, USA / Hyderabad, India)

ISBN 978-93-5872-914-6

9 789358 729146

کتاب	:	نور تن کہانیاں: حصہ – ۳
مصنف	:	شمیم احمد
صنف	:	ادب اطفال
ناشر	:	تعمیر پبلی کیشنز (حیدرآباد، انڈیا)
سالِ اشاعت	:	سنہ ۲۰۲۴ء
صفحات	:	۳۸
سرورق ڈیزائن	:	تعمیر ویب ڈیزائن

فہرست : نورتن کہانیاں: حصہ – ۳

نورتن کا تعارف

"نورتن" اُردو کے قدیم ادب کی ایک مشہور تصنیف ہے۔ اِس میں مختصر داستانیں شامل ہیں۔ محمد بخش مہجور نے یہ کتاب اب سے کوئی پونے دو سو برس پہلے لکھی تھی۔ مہجور کے والد کا نام حکیم خیرُاللہ تھا، جو رہنے والے تو کٹے فتح پور ہسوا کے مگر بعد میں وہ لکھنؤ چلے آئے تھے اور وہیں مستقل طور پر رہ پڑے تھے۔ لکھنؤ ہی میں محمد بخش مہجور پیدا ہوئے اور وہیں ان کی تعلیم و تربیت ہوئی۔ والد کی طرح خود وہ بھی طبابت کا پیشہ اختیار کیا۔ جوانی ہی میں شاعری کرنے لگے تھے۔ پہلے شیخ قلندر بخش جرأت اور بعد میں مرزا خانی نوازش کے شاگرد ہوئے۔ مہجور لکھنؤ میں نفی گنج میں رہتے تھے۔ حج کے لیے خانۂ کعبہ گئے اور مدینہ منوّرہ میں انتقال کیا۔

ہمارے ادب میں "نورتن" کی اہمیت کا اندازہ اِس بات سے لگایا جا سکتا ہے کہ 1857 تک لکھنوی نثر کے سرمائے میں صرف تین کتابیں ہی اہم سمجھی جاتی تھیں۔ ایک تو یہی "نورتن" اور دوسری دو "فسانۂ عجائب" اور "بستانِ حکمت"۔

"نورتن" اور "فسانۂ عجائب" کی ہمارے قدیم ادب میں اِس وجہ سے بھی بڑی اہمیت ہے کہ یہ دونوں کتابیں عموماً طبع زاد سمجھی جاتی ہیں۔ طبع زاد سے مُراد یہ ہے کہ ان کے قصے کسی اور زبان سے ترجمہ نہیں کیے گئے۔ یہ ضرور ہے کہ ان میں شامل بعض

حکایات مختلف جگہوں سے لی گئی ہیں۔ بعض ایسی ہیں جو بہت ہی قدیم زمانے سے سینہ بہ سینہ چلی آرہی ہیں، اور بہت مشہور ہیں۔ تاہم ان کی اکثر حکایات ان کے مصنفین کی طبع زاد لکھی ہوتی ہیں۔ 'فسانۂ عجائب' کی حکایات تو ایک ہی مرکزی قصے سے تعلق رکھتی ہیں جبکہ 'نورتن' کی تمام کہانیاں الگ الگ اور آزاد ہیں۔ اور ان کی ایک بڑی خوبی ان کا مختصر ہونا ہے۔ اس لحاظ سے دیکھا جائے تو 'نورتن' ہمارے ادب کی تاریخ میں بڑی اہمیت رکھتی ہے۔ دوسری بات یہ کہ 'نورتن' 'فسانۂ عجائب' سے دس سال پہلے لکھی گئی۔

کتاب کا نام 'نورتن' رکھنے کی وجہ یہ ہے کہ مصنف نے اس کتاب میں نو باب قائم کیے ہیں اور ہر باب میں مختلف کہانیاں جمع کردی گئی ہیں۔ یہ انتخاب چونکہ خاص بچوں کے لیے تیار کیا گیا ہے، اس لیے اس میں وہ باب شامل نہیں کیے گئے جو بچوں کے لیے نہ دلچسپ تھے اور نہ مناسب۔ ہم نے اس مجموعے میں صرف ان کہانیوں کو شامل کیا ہے جو 'نورتن' میں تیسرے، پانچویں، چھٹے، ساتویں، آٹھویں اور نویں باب میں شامل ہیں۔ کہانیوں کی اہمیت اور دلچسپی کو ذہن میں رکھتے ہوئے ابواب اور ان کی کہانیوں کی ترتیب بھی بدل دی گئی ہے۔

'نورتن' کی زبان قدیم لکھنوی زبان ہے، اور کافی الجھی ہوئی اور مشکل۔ ہم نے چونکہ اس کے قصوں کو بچوں کے لیے ترتیب دیا ہے اس لیے ان کی زبان بالکل تبدیل کردی گئی ہے۔ کوشش کی گئی ہے کہ یہ ساری کہانیاں ایسی سہل اور عام فہم زبان میں بیان کی جائیں کہ انھیں بچے بہ خوبی پڑھ اور سمجھ سکیں اور اس کے علاوہ ان سے پوری طرح لطف اندوز بھی ہو سکیں۔ ان کہانیوں کو آسان زبان میں پھر سے لکھتے وقت یہ کوشش کی گئی ہے کہ زبان مصنف کے انداز بیان سے ملتی ہوئی آرہے۔ اس لیے ہو سکتا ہے کہ بعض لفظ آپ کے لیے مشکل ہوں لیکن اگر ان کا مطلب بھی معلوم نہ ہو تو

بھی کہانی کے لطف میں کمی نہیں آتی اور بات بہر حال سمجھ میں آجاتی ہے ۔

ان کہانیوں میں سے اکثر کہانیاں سبق آموز یا سبق سکھانے والی ہیں، لیکن اس کے باوجود مجبوری کی قدم قدم پر یہ کوشش رہی ہے کہ قصہ قصے کی حیثیت سے بھی زیادہ سے زیادہ دلچسپ رہے ۔ اُس زمانے کی داستان گوئی کی عام روش کے لحاظ سے یہ بہت بڑی بات تھی ۔

’’نورتن‘‘ میں شامل بیشتر کہانیاں مصنف کی طبع زاد ہیں۔ لیکن کچھ ایسی بھی ہیں جو دوسرے ذریعوں سے مصنف تک پہنچیں۔ مثلاً اس انتخاب میں ایک کہانی اُن دو عورتوں پر مشتمل ہے جو ایک بچے کے لیے جھگڑا کرتی ہیں اور حضرت علیؓ اِن کا جھگڑا مٹاکتے ہیں۔ اسی طرح کا فیصلہ حضرت سلیمان علیہ السلام اور عہبا بما گوتم بدھ کے ناموں سے بھی مشہور ہے ۔ ایک اور کہانی میں روئی کے چور اپنی داڑھیوں کی وجہ سے پکڑے گئے۔ یہ بیربل کا ایک مشہور لطیفہ ہے ۔ اس میں ایک کہانی گوشت کی شرط والی ایسی ہے جو انگریزی زبان کے ڈرامہ نگار شیکسپیئر کے مشہور ڈرامے وینس کا سوداگر (Merchant of Venice) میں بھی بیان ہوئی ہے ۔ اس سے اندازہ ہوتا ہے کہ یہ قصہ مشرق و مغرب میں یکساں طور پر مشہور رہا ہے ۔ اس طرح کی چند مثالوں کے سوا اکثر کہانیاں مجبوری کی طبع زاد ہیں اور نہایت پُرلطف اور دلچسپ ہیں، جنھیں پڑھ کر اندازہ ہوتا ہے کہ ہمارے داستانوی ادب میں مجبور کس قدر اہم فسانہ گو تھا ۔۔۔۔ لیجیے! اب ان دلچسپ کہانیوں کو اپنے ہی زمانے کی زبان میں پڑھ کر آپ بھی لطف اُٹھائیے ۔

شمیم احمد

نورتن کہانیاں

(تیسرا حصہ)

بے وقوفوں کی کہانیاں

فلسفی نوکر

ایک مرتبہ کا ذکر ہے کہ ایک شخص اپنے بہت پیارے اور تیز رفتار گھوڑے پر سوار ہو کر کسی شہر کی سیر لینے میں آیا۔ اُس کے ساتھ اُس کا نوکر بھی تھا۔ شام کے کھانے سے فارغ ہو کر سوتے وقت مالک نے اپنے نوکر سے کہا۔

"اے عزیز نا چیز! سننے میں آیا ہے کہ اس شہر کے چور بڑے بے درد اور چوری کرنے میں نہایت دلیر ہیں۔ سو تو ایک کام کر۔ تو شوق سے پاؤں پھیلا کر سو جا، میں اپنے اس قیمتی اور تیز رفتار گھوڑے کی خود نگرانی کروں گا۔"

اپنے آقا کی یہ بات سن کر نوکر نے جواب دیا۔

"اے میرے مالک! یہ تو نہایت بے ہودہ بات ہو گی کہ آقا تو تمام رات جاگے اور دو پیسے کا نوکر ساری رات آرام سے سوئے۔ یہ صاحب یہ نہیں ہو گا۔ آپ اطمینان سے آرام فرمائیے، اور آپ کا یہ نا چیز نوکر ساری رات جاگ کر گھوڑے کی نگرانی اور پاسبانی کرے گا۔ گھوڑے کی طرف سے آپ اطمینان رکھیے۔"

نوکر کی یہ بات سن کر مالک کو اطمینان ہوا، اور وہ آرام سے سو گیا۔

ایک پہر رات کے بعد آقا کی آنکھ کھلی تو اُس نے نوکر سے پوچھا۔

"کیوں بھئی! کیا کر رہے ہو؟"

"میرے مالک!" نوکر نے جواب دیتے ہوئے کہا "اس وقت یہ غلام سوچ رہا ہے کہ اللہ تعالیٰ نے زمین کو پانی پر کیوں کر ٹھہرا رکھا ہے؟"

نوکر کا یہ عجیب جواب سُن کر مالک نے کہا۔

"اے بے خبر! مجھے ڈر ہے کہ تو یوں ہی واہی تباہی باتیں سوچتا رہا تو تیری اس بے خبری سے فائدہ اٹھا کر چور، ہمارا مال اسباب نہ چُرا لے جائیں۔"

نوکر نے جواب دیا۔

"اجی اُن کی نیا مجال ہے۔ آپ بے فکر رہیے اور اطمینان سے سو جائیے۔" آقا بے چارہ یہ تسلی آمیز بات سُن کر پھر سو گیا۔ آدھی رات کے بعد پھر اُس کی آنکھ کُھلی اور پوچھا۔

"اے با خبر! اب کس فکر میں ہے؟"

نوکر نے جواب دیا۔

"اے خداوند! اب میں یہ سوچ رہا ہوں کہ خداوند تعالیٰ نے یہ لمبا چوڑا اور بے کنارا آسمان بغیر ستونوں کے کس طرح کھڑا کر رکھا ہے اور کمیل گاڑنے میں زمین کی مٹی کہاں غائب ہو جاتی ہے؟"

نوکر کی یہ واہیات بات سُن کر آقا نے کہا۔

"اے بے خبر! تیری اس بے خبری سے مجھے خوف ہے کہ کوئی میرا گھوڑا اڑا کر نہ لے جائے۔ اچھا! ایک کام کر، اگر تیرا جی سونے کو چاہے تو سو جا۔"

نوکر نے پھر وہی جواب دیا۔

"خداوندِ نعمت! آپ اطمینان رکھیے! میں پوری طرح خبردار اور ہوشیار ہوں۔" مالک بے چارہ پھر سوگیا۔ تین پہر رات کے بعد پھر اچانک اُس کی آنکھ کھُل گئی۔ پھر اُس نے پوچھا۔

"کیوں بھئی! کیا خبر ہے؟"

اس بار نوکر نے جواب دیا۔

"خداوندِ نعمت! اب میں یہ سوچ رہا ہوں کر اُونٹ کے پیٹ میں گولیاں کون باندھتا ہے اور کیلے کے پتّوں پر خود بہ خود استری کس طرح ہو جاتی ہے؟"

غرض کہ مالک بے چارہ پھر نوکر کی باتوں میں آکر بے فکری سے سوگیا، اور جب چار گھڑی شب باقی تھی تو ایک بار اُس کی آنکھ پھر کُھلی۔ اُس نے نوکر سے اب کے پوچھا۔

"کیوں بھئی! اب کیا خبر ہے؟"

نوکر نے جواب دیا۔

خداوندِ نعمت! بعض چور بھی بہت دانش مند اور اپنے کام میں بڑے ماہر ہوتے ہیں کتنی عجیب بات ہے کہ ایسا ہی کوئی مُنہ زور چور ٹریننگ لگا کر گھوڑا لے اُڑا۔ مالک نے بڑی بے بس نظروں سے اس کی طرف دیکھا۔

کیا کہا؟ چور گھوڑا لے اُڑا؟ پھر تم یہاں بیٹھے ہوئے کیا کر رہے ہو؟

نوکر نے نہایت سنجیدگی سے جواب دیا۔

خداوندِ نعمت! آپ کا یہ غلام ناکام اس فکر میں ہے کہ گھوڑا چوری ہو جانے

کے بعد اس کی زین اور خوگیر اپنے کو اپنے سر پر رکھنا پڑے گا یا مجھ کو اپنے سر پر لاد کر لے چلنا ہوگا''

یہ وحشت اثر خبر سن کر آقا کے ہوش اڑ گئے۔ اُس نے اس بے وقوف نوکر کو بہت سخت سست سنائیں۔ گھوڑا چوری جانے کا اُسے بے حد افسوس ہوا لیکن اب کیا ہو سکتا تھا ' جب چڑیاں چُگ گئیں کھیت'۔

____

چار بے وقوف اور ایک بُڑھیا

ایک تھی بُڑھیا۔ نیک سیرت اور خوب صورت۔ ایک بار وہ کسی کام سے بازار گئی۔ اسے اتفاق ہی کہیے کہ اس نے سر کھجانے کے لیے ہاتھ اُٹھایا۔ اسی وقت وہاں سے چار آدمی گزر رہے تھے۔ اُنھوں نے بُڑھیا کو ہاتھ اُٹھاتے دیکھا تو اُن میں سے ایک بول اُٹھا۔

”اس نیک بی بی نے بغیر مُنہ سے بولے مجھے سلام کیا ہے“۔

یہ سُن کر دوسرا بولا

”اے بے حیثیت! تجھ میں ایسی کیا خوبی ہے۔ جو بڑی بی تجھے سلام کرے گی۔ اُس نے تو مجھے سلام کیا تھا“۔

تیسرے اور چوتھے آدمی نے بھی یہی کہا کہ بڑی بی نے اُنھیں سلام کیا ہے۔ غرض کہ اتنی سی بات پر اُن چاروں میں تکرار ہونے لگی۔ بات اتنی بڑھی کہ وہاں بہت سے لوگ اِکٹھا ہو گئے۔ ہجوم میں سے ایک عقل مند آدمی نے کہا۔

”اے دوستو! تم بے بات آپس میں جھگڑتے ہو۔ وہ بُڑھیا ابھی آئے جا رہی ہو گی، جا کر، اُسی سے پوچھو کہ اُس نے تم میں سے کسے سلام کیا تھا۔ ذرا سی بات کو بیکار اتنا بڑھا رہے ہو“۔

یہ معقول بات سُن کر وہ چاروں نامعقول دوڑے اور اُس غریب بڑھیا کے قریب پہنچے اور یوں کہنے لگے۔

"اے بڑی بی صاحب! ہم چاروں میں سے تم نے کس ناکام کو سلام کیا تھا؟" یہ بے ہودہ بات سُن کر بڑھیا دِل میں سوچنے لگی: معلوم ہوتا ہے کہ چاروں شخص بالکل بے وقوف ہیں۔ اُس نے مُسکرا کر اُن سے کہا۔

"اے میاں! تم چاروں میں سے جو زیادہ بے وقوف ہوگا، اُسی کو میں نے سلام کیا ہے۔

پہلے بے وقوف کی کہانی:

بڑی بی کی یہ بات سُن کر اُن میں سے ایک بے وقوف بولا۔

"بڑی بی! میری تو بے وقوفی یہ ہے کہ میں ایک بار اپنی سُسرال گیا۔ وہاں لوگوں نے کھانے کے وقت مجھ سے کہا 'کچھ کھا پی لو' پھر اطمینان سے آرام کرو، مجھ قسمت کے مارے کے منہ سے بے ساختہ نکل گیا کہ میں تو اپنے گھر سے کھانا کھا کے آیا ہوں۔ بے چاروں نے بہت خوشامد کی، کہ تھوڑا بہت کھا پی لوں، پر میں راضی نہ ہوا، اِس لیے کہ بے وقوفی سے پہلے انکار کر چکا تھا، اور اب اپنی اس حماقت کو نبھانا بھی تھا۔ غرض کہ بے چارے سب چُپ ہو رہے، اور میں بھوکا ہی سو گیا۔ تھوڑی ہی رات گزری تھی کہ میری آنکھ کھُل گئی، بہت زور دل کی بھوک لگ رہی تھی۔ اب جو میری شامت آئی تو میں نے انوکھی حرکت کی کہ میں بھیس بدلا اور چُپکے سے دروازہ کھول بھیگ مانگنے

کے ارادے سے باہر نکل گیا۔ اب دیکھیے کیا اتفاق ہوتا ہے۔ ایک گھر سے دوسرے گھر ٹکڑے مانگتا مانگتا اپنی ہی سسرال کے دروازے پر آپہنچا اور بھیک کے لیے ہاتھ پھیلایا۔ اندر سے ایک ملازمہ، کہ جس کا نام چنبیلی تھا، روٹی کا ٹکڑا لے کر باہر نکلی۔ میں نے جو اُسے پہچانا کہ یہ تو ہماری ہی نوکرانی ہے اور یہ دروازہ بھی اپنی ہی سسرال کا ہے، تو وہاں سے میں نے پچھلے پاؤں ہٹنا شروع کیا۔ وہ نوکرانی بھی روٹی دینے کے لیے برابر آئے بڑھتی رہی۔ جوں جوں میں پیچھے ہٹتا جاتا تھا، وہ آئے بڑھی چلی آتی تھی اور یہ کہتی تھی۔

"لے فقیر! تو روٹی کا ٹکڑا کیوں نہیں لیتا؟"

اب قسمت کا کرنا یہ ہوا کہ میں پیچھے ہٹتے ہٹتے ایک کنویں کے کنارے آگیا اور دھڑام سے کنویں میں گر پڑا۔ میرے کنویں کے اندر گرتے ہی شور مچ گیا کہ کوئی غریب اور قسمت کا مارا فقیر، کنویں میں گر پڑا ہے۔ آخرکار لوگوں نے نہایت محنت کے بعد مجھ باولی صورت کو کنویں کے اندر سے نکالا اور سبھوں نے پہچان لیا کہ یہ تو فلاں کا داماد ہے۔ ارے! اس کی یہ کیا کم بختی تھی، جو یہ اس پُر ملامت حالت میں گرفتار ہوا۔ غرض کہ اس ذلت اور مذمت کی وجہ سے آج کے دن تک۔ میں نے پھر کبھی سسرال کا نہ نام لیا اور نہ کبھی اُدھر کا رُخ لیا۔ سو بڑی بی! یہ تھی میری بے وقوفی، جو میں نے بیان کی۔ بڑی بی نے یہ قصہ سُن کر کہا۔

"بہت خوب! آفریں! مرحبا!"

دوسرے بے وقوف کی کہانی:

اس اُلّو کی یہ بات سُن کر دوسرا اُلّو بول اُٹھا۔

"بڑی بی صاحب! اب میری حماقت کی لاجواب حکایت دل لگا کر سنیے۔ ایک مرتبہ کا ذکر ہے کہ سسرال سے میرا بلاوا آیا۔ قاعدہ ہے کہ داماد جب سسرال جاتا ہے تو سر پر پگڑی باندھ کر جاتا ہے، اس خاکسار کو پگڑی باندھنی آتی نہ تھی، سو میں اپنے ایک دوست کے پاس گیا اور اُن کی منت سماجت اور خوشامد کر کے سر پر پگڑی بندھوائی۔ گھر آ کر عمدہ عمدہ کپڑے پہنے اور سسرال کی طرف روانہ ہو گیا۔ سسرال بڑی دور تھی، چلتے چلتے تھک گیا اور نیند آنے لگی، ایسے میں سوچا کہ کسی ایسی جگہ پر سونا چاہیے کہ سر سے پگڑی نہ اتارنی پڑے۔ اتفاق سے اس خاکسار کو قریب ہی میں ایک پختہ کنواں نظر آیا۔ میں پیک کر کنویں پر پہنچا اور وہاں اس ترکیب سے سر یا کہ سر تو کنویں کے اندر کی طرف رکھا، اور اُس کے چبوترے پر پاؤں پھیلا دیے۔ اور اس طرح خوب گہری نیند سو گیا۔ اس طرح سوتے میں جو کہ روٹ بی تو پگڑی کنویں میں گر گئی۔ سوتے سوتے بہت دیر ہو گئی، سہ پہر کے بعد جو اس غلام کی آنکھ کھلی تو بہت گھبرایا کہ دن تو بہت تھوڑا باقی رہ گیا ہے، اور جانا ابھی بہت دور ہے۔

غرض کہ اس گھبراہٹ میں مجھے پگڑی کی بھی کچھ خبر نہ رہی، اور بھاگ کھڑا ہوا۔ بھاگم بھاگ جو میں سسرال کے قریب پہنچا تو کیا دیکھتا ہوں کہ وہاں کی ایک ملازمہ پلی آ رہی ہے۔ اُس نے جو دیکھا کہ میاں ننگے سر بدحواس بھاگے چلے آ رہے ہیں تو اس نے سوچا کہ شاید بی بی کا انتقال ہو گیا ہے۔ یہ بے ہودہ بات سوچ کر ملازمہ اُلٹے پاؤں روتی ہوئی گھر میں گئی اور یہ عجیب ماجرا میری ساس سے بیان کیا۔ سنتے ہی گھر کے

سب لوگوں کی حالت غیر ہوگئی اور سب کے سب افسوس کرتے جلتے اور زار زار روتے جلتے ۔ مجھے کچھ پتہ نہ تھا کہ کیا ہوا ۔ میں انجانے میں وہاں پہنچا تو دیکھا کہ گھر کے سارے لوگ بلک بلک کر رو رہے ہیں ۔ سب کی یہ حالت دیکھ کر میں بھی زار زار رونے لگا ۔ نتیجہ یہ ہوا کہ رونے کی ان دلدوز آوازوں کو سن کر پڑوس کے لوگ جمع ہو گئے ۔ انھوں نے ہر ایک رونے والے کو تسلی دی اور پھر مجھ سے پوچھا ۔

"میاں یہ واقعہ کیوں کر ہوا ؟"

میں نے روتے روتے، غم سے نڈھال ہو کر، انھیں سے پوچھا ۔

"مجھے تو کچھ پتہ نہیں ۔ میاں ! تم ہی بتاؤ کہ ماجرا کیوں کیسے پیش آیا ؟"

آخر کار ہوا یہ کہ سارے عزیزوں، رشتے داروں اور پڑوسیوں کو معلوم ہو گیا کہ یہ رونا دھونا فضول ہی ہے ۔

"اے بڑی بی ! یہ تھی میری زور دار حماقت ۔ وہ دن کا دن کہ آج تک میں بدنصیب پھر کبھی سسرال نہیں گیا ۔

بڑا میاں نے یہ قصّہ سن کر دوسرے بے وقوف سے بھی کہا ۔

"خوب ! آفریں ! مرحبا !"

تیسرے بے وقوف کی کہانی:

جب یہ دوسرا اُلّو بھی اپنی لاثانی کہانی بیان کر چکا تو تیسرا مسخرا یوں بولا ۔

"بڑی بی صاحب ! یہ غلام بھی ایک بار جب اپنی سسرال پہنچا

تو وہاں خوش دامن صاحبہ نے اس خاکسار کے لیے عمدہ عمدہ کھانے تیار کر والئے، اور جب مجھ سے کھانے کو کہا تو اتفاق سے میرے منہ سے نکل گیا۔

"اس وقت میرا پیٹ خوب بھرا ہے ۔ بالکل بھوک نہیں"۔

گھر کے سارے لوگوں نے بڑی تیری خوشامد کی' پر میرے منہ سے چونکہ ایک بار انکار نکل گیا تھا اس لیے پھر مطلق میں کھانے کے لیے راضی نہ ہوا۔ بہ قول شخصے ۔

'جائے لاکھ رہے ساکھ'۔

آخر کار سارے رشتے دار ناچار ہو کر چپ ہو گئے اور میں یوں ہی بھوکا سو گیا۔ لیکن تھوڑی ہی دیر میں مارے بھوک کے آنکھ کھل گئی' اور پھر ساری رات نیند نہ آئی ۔ جب میری بیوی سو گئی تو میں نے اٹھ کر اس پاس کھانے کی تلاش کی۔ پر کچھ ہاتھ نہ لگا ۔ اچانک ایک چھینکے میں کوری ہانڈی نظر آئی ۔ بندے نے پلک کر جو اُسے کھولا تو مرغی کا انڈا ہاتھ لگا ۔ اُسی لمحے یکایک میری بی بی کی آنکھ کھل گئی تو میں نے رسوائی اور ندامت کے ڈر سے مرغی کا وہ انڈا جھٹ منہ میں رکھ لیا اور جھپٹ کر پلنگ پر لیٹ گیا۔ مجھے اس عجیب و غریب حالت میں دیکھ کر میری بی بی پوچھنے لگی ۔

"اے میاں! خیر تو ہے! کیا بات ہے جو اس طرح گھبرا کے لیٹ گئے"۔

اس نیک بخت نے ہزار ہا سر ہلا مگر میں نے جواب نہ دیا۔ جواب دیتا بھی کیوں کہ بندے کے منہ میں انڈا جو تھا۔ کس منہ سے جواب

دیتا۔ اس کا نتیجہ یہ ہوا کہ وہ غریب سب گھبرا گئی اور سارے گھر کے لوگوں کو وہاں اکٹھا کر لیا۔ میری یہ حالت دیکھ کر ہر ایک یہی کہتا کہ اسے کوئی بیماری ہو گئی ہے، یا پھر کوئی بلا اس پر چڑھ گئی ہے۔ غرض کہ گھر میں ایک تہلکہ مچ گیا۔ آخرکار ایک بڑا سیانا جرّاح منگوایا گیا۔ اس نے غور سے میرا معائنہ کرنے کے بعد کہا۔

"اس کے گال پر ورم ہے۔ اور یہ اس وجہ سے ہے کہ اندر مواد پک گیا ہے۔ نشتر کے سوا اب کوئی چیز فائدہ نہ کرے گی"۔

قصّہ مختصر یہ کہ جرّاح نے سب سے اجازت لے کر خاکسار کے اُس پھولے ہوئے گال پر جونہی نشتر لگایا، فوراً ہی میں نے وہ انڈا اس گال سے دوسرے گال میں رکھ لیا۔ یہ حیرت انگیز بات دیکھ کر جرّاح نے کہا۔

"دیکھیے صاحب! اِدھر کا مواد اب اُدھر چلا گیا ہے"۔

اب جرّاح نے میرے دوسرے گال کو بھی چاک کر ڈالا تو وہ انڈا اس بندے کے مُنہ سے نکل پڑا۔ گھر والے اس انڈے کو دیکھ کر بہت کڑھ کڑھائے۔ اُس دن سے آج تک پھر کبھی یہ خاکسار سسرال نہیں گیا۔ شعر:

کہو اب مُنصفی سے تم بڑی بی
کہ مجھ سا دیکھا ہے احمق کہیں بھی؟"

چوتھے بے وقوف کی کہانی:

جب تیسرا بے وقوف اپنی حماقت کی کہانی بیان کر چکا تو چوتھا

بے وقوف بولا۔

"بڑی بی صاحب! اس خاکسار کا قصہ یوں ہے کہ ایک صاحبِ توقیر امیر نے مجھ پر بھروسہ کر کے اپنے کسی علاقے میں کام کاج کی دیکھ بھال کے لیے بھیجا۔ وہاں پہنچ کر بندے نے وہ اُدھم مچایا کہ مالک کی ساری آمدنی بے ہودہ باتوں میں خرچ کرنے لگا اور کبھی ایک پیسہ مالک کو نہ بھیجا۔ زندگی خوب نشتم پشتم گزر رہی تھی۔ اس عالم میں غلام کو یہ سوجھی کہ اب شادی کرنی چاہیے۔ یہ احوال سُن کر قانون گو اور دیگر لوگوں نے کہا۔

"آپ یہ کیا غضب کرتے ہیں؟"

یہاں تو بندے کے سر پر جماقت سوار تھی۔ کسی کا کہنا نہ مانا۔ آخر کار ایک مکّار بڑھیا کو بلوا کر اُس سے کہا وہ کہیں میری شادی پکی کروا دے۔ بڑھیا نے یہ اندازہ کرتے ہوئے کہ یہ خاکسار نہایت بے وقوف ہے؛ کہا۔

"بہت بہتر"

یہ کہہ کر وہ مکّار بڑھیا اپنے گھر چلی گئی۔ ایک دن کے بعد آئی، اور کہنے لگی۔ "میاں صاحب! میں نے آپ کی شادی ایک صاحبزادی سے ٹھہرا دی ہے۔ پانچ چھ روز میں آپ کی اُس نیک بخت سے شادی ہو جائے گی، لیکن پانچ سو روپے چڑھاوے کے لیے عنایت کیجیے تو آپ کی بات اُس کے ساتھ پکی کرا آؤں۔

بندے نے فوراً پانچ سو روپے اُس کے حوالے کر دیے۔ چند روز بعد وہ پھر آئی، اور بولی "میاں صاحب! شادی کی تیاری اور سامان وغیرہ خریدنے کے لیے دو ہزار روپے اور دیجیے"۔

خاکسار نے فوراً ہی دو ہزار روپے اور اُس کو دلوا دیے۔
دو چار روز کے بعد اگر اس نے کہا۔

’’میاں صاحب! تم جو باقاعدہ برات لے جا کر بیاہنے چڑھو گے تو آتش بازی اور ناچ اور راگ رنگ میں بلا وجہ بہت خرچہ ہو جائے گا۔ اس سے تو بہتر ہے کہ سادگی کے ساتھ صرف نکاح پڑھوا لیجیے۔ مثل ہے۔ ’آم کھانے سے کام یا پیڑ گننے سے‘۔

اُس کی ان باتوں سے بندہ نے یہ سمجھا کہ یہ بوڑھی عورت نہایت نیک ہے اور میرے ہی بھلے کے لیے کہہ رہی ہے، لیکن یہ نہ سمجھا۔ کہ ہیں اِس بٹلے میں بُرے طور بھی۔

آخر کار اُس کی اِس بات سے خوش ہو کر میں نے اُسی کو سارا اختیار دیا اور اُس سے بولا۔

’’اے بی بی۔

جو چاہے کرے تو سفید و سیاہ
ولے مجھ کو ہر طرح کرنا ہے بیاہ‘‘

اس کے جواب میں وہ مکّار بڑھیا بولی۔

’’خیر! اچّھا۔ تم نکاح کے ضروری اخراجات کے واسطے کچھ عنایت کیجیے تو کام شروع کیا جائے‘‘

بندے نے دو ہزار روپے اور دے دیے۔ اُس کے چند دن بعد وہ پھر آئی اور کہنے لگی۔

’’میاں صاحب! بات یہ ہے کہ ابھی آپ کی دلہن کے آنے کا شگون نہیں ہے۔ جب شگون ٹھیک ہو گا تو کسی مبارک گھڑی میں تمہاری دلہن

آئے گی اور تمہارے گھر سے دَر و دیوار کو روشن کر دے گی لیکن تب تک کے
لیے ضروری اخراجات اور ضروری رسومات کے واسطے کچھ دِلوائیے۔ بندی
کی بھی دو چار مہینے کچھ گزر بسر ہو جائے گی''۔

غرض یہ کہ اس خاکسار نے مزید دو ہزار روپے اس چالاک بڑھیا
کو اور دے دیے۔

اب جو چند روز کے بعد وہ آئی، تو یہ خوش خبری سنائی۔

''میاں صاحب! مبارک ہو۔ تمہارے گھر چاند سا بیٹا پیدا ہوا ہے۔
کچھ چھٹی چلے کے واسطے بھی دِلوائیے''۔

اس سادہ لوح نے کچھ روپے اور اُسے دے دیے۔

حاصلِ کلام یہ کہ وہ یوں ہی اکثر آتی اور کبھی لڑکوں کی ٹوپی گرتے،
کبھی کھانے پینے اور کبھی کپڑوں کے لیے کچھ نہ کچھ لے جاتی۔ اور اس
طرح وہ لاکھوں روپے لے گئی، اور جب کبھی میں نے سوال کیا کہ ذرا
میری بی بی کو تو دکھا دے تو وہ یہی کہہ کر چلی جاتی کہ
''میاں صاحب! ابھی تک دن کڑوے کیسلے ہیں''۔

اس عرصے میں یہ الگ ہوا کہ میری حماقت کی دُور دُور خبر پھیل گئی،
یہاں تک کہ میرے مالک کو بھی اس کی خبر ہو گئی۔ اُدھر اُس کے پاس
میری طرف سے ایک کوڑی بھی نہیں پہنچی تو اُس نے مجھے ناکارہ سمجھ
کر میرے پاس تبادلے کا حکم بھیج دیا۔ اِس بات سے میں بڑا مایوس
ہوا۔ اِس حالتِ یاس میں مجھے اپنے لڑکے کا خیال آیا اور جی چاہا
کہ کسی طرح اپنی بی بی کے پاس پہنچ جاؤں! میں اسی فکر میں تھا کہ
وہ نکار بڑھیا پھر آیا۔ میں نے اُس سے کہا۔

"بڑی بی! تمہاری بڑی عمر ہے۔ میرے یاد کرتے ہی تم آگئیں۔ اے بڑی بی صاحبہ! ہمارے کام میں تو خلل آگیا۔ لیکن اب اگر تم ہمارے گھر والوں کو ہمیں دکھلا دو تو ہمارے روز روز کے تقاضوں سے نجات پا جاؤ۔"

میری یہ بات سن کر وہ مکارہ بولی۔

"بہت خوب! کچھ روپے لڑکوں کی مٹھائی کے لیے منگوائیے۔ میں آپ کی مُراد ابھی پوری کرتی ہوں۔"

غرض کہ وہ دغا باز مجھ کو ایک بھلے آدمی کے مکان کے دروازے پر لے گئی اور بولی۔

"میاں صاحب! تمہاری سسرال یہی ہے۔ اب یہاں دستک دیجیے۔ تمہارے صاحب زادے نکل آئیں گے۔ دو چار گھڑی تم ڈیوڑھی میں بیٹھنا، جب تمہارا سالا دربار سے آئے گا تو تم کو گھر کے اندر لے جائے گا۔ کل سے آپ کی بی بی مجھ سے خفا ہیں، نہیں تو میں ہی آپ کو لے چلتی۔"

یہ واہیات بات کہہ کر وہ بدذات تو وہاں سے فرار ہو گئی اور بندے نے دروازے پر ایک دستک جو دی تو پانچ چھ برس کے چھوٹے چھوٹے لڑکے اندر سے نکل کئے۔ میں نے مٹھائی دے کر ان سے کہا۔

"لو بیٹا! کھاؤ! دل میں کچھ شک نہ کرنا۔"

غرض کہ وہ لڑکے مٹھائی کا دونا گھر کے اندر لے کئے تو گھر والوں نے سمجھا کہ میاں کا کوئی یار غار آیا ہے جو لڑکوں کے لیے مٹھائی لایا ہے۔ یہ سمجھ کر گھر والی نے اندر سے پان دان اور عطر دان بھجوا دیا۔ کچھ دیر بعد

نہایت ذائقہ دار اور عُمدہ کھانا بھیجا اور کھلوایا۔

"وہ تو خدا جانے کب دربار سے آئیں، آپ بلا تکلّف کھانا لیجیے"

قِصّہ مختصر کہ اِس خاکسار نے کھانا زہر مار کیا اور لڑکوں کو لیے ڈیوڑھی میں بیٹھا رہا۔ کچھ دیر بعد صاحب خانہ بھی اُ گئے۔ مجھ سے صاحب سلامت کی اور گھر میں جا کر بی بی سے پوچھا۔

"اے بی بی! یہ اجنبی مرد ڈیوڑھی میں کیوں بیٹھا ہے؟"

بی بی نے جواب دیا۔

"میں کیا جانوں یہ کون بلا ہے؟ میں تو سمجھی تھی کہ تمھارا کوئی رشتے دار ہے یا کوئی تمھارا لنگوٹیا دوست ہے، جو یوں لڑکوں کے لیے مِٹھائی لے کر آیا ہے"

یہ عجیب و غریب بات سُن کر صاحب خانہ باہر آیا اور مجھ سے بولا۔

"اے حضرت! آپ اِس وقت کہاں سے تشریف لائے ہیں؟"

"اے بھائی!" اِس خاکسار سادہ لوح نے سادگی سے جواب دیا۔ ہیں! تم مجھے نہیں پہچانتے؟ میں تمھارا رشتے کا بھائی ہوں۔ تمھاری بہن میری بیوی ہیں، اور میرے یہ دونوں لڑکے تمھارے بھانجے ہیں"

میری یہ بے ہودہ بات سُن کر صاحب خانہ تیوری چڑھا کر بولا۔

"اے گدھے یہ کیا بکتا ہے۔ چل بھاگ یہاں سے۔ نہیں تو مار مار کے انجر پنجر ڈھیلے کر دوں گا۔ خیر میں تو کچھ نہیں کہتا، لیکن دوسری جگہ ضرور مار کھائے گا" غرض کہ صاحب خانہ نے نہایت ذلیل کر کے اپنے گھر سے بندے کو نکالا۔ سو، اے بڑی بی۔ آج تک مجھے اس واقعے کی ندامت اور خجالت ہے۔

غرض چاروں کی بے وقوفیوں کی کہانی سُن کر بڑی بی نے اُنھیں شاباشی دی اور کہا۔

"سچ تو یوں ہے کہ' تم سب کے سب احمق ہو۔ اور میں نے جو سلام کیا تھا' تو اے بندہ نواز میرا سلام قبول کیجیے"

بڑی بی نے چاروں سے کہا اور وہاں سے رُخصت ہو گئی۔

بھلا آدمی

ایک تھے مرزا جیون شاہ جہاں آبادی ۔ رہتے تھے لکھنؤ میں ۔ ایک دفعہ کا ذکر ہے کہ وہ اپنے کچھ دوستوں کے ساتھ اپنے مکان کے کوٹھے پر بیٹھے بنو سر کھیل رہے تھے ۔ اتفاقاً اُس دن مکان میں لگنے کی گنڈیریوں اور نارنگیوں کے بہت سے چھلکے پڑے ہوئے تھے ۔ یہ دیکھ کر مرزا جیون کے ایک بے تکلّف دوست نے کہا ۔

’’مرزا جی! آپ جیسے پاک صاف اور صفائی پسند شخص کے گھر میں یہ گندگی حیرت کی بات ہے‘‘

مرزا جی کو بڑی شرمندگی ہوئی ۔ فوراً اپنے نوکر کو بلا کر کہا ۔

’’ارے یہ کوڑا کچرا جھاڑ کر کوٹھے کے نیچے پھینک دے، لیکن ذرا بھلے آدمی کو دیکھ بھال کر پھینکنا‘‘

’’بہت بہتر صاحب‘‘ نوکر نے جواب دیا ۔

یہ کہہ کر نوکر نے سارا کوڑا کچرا جھاڑ جھوڑ کر ایک ٹوکرے میں بھرا اور کوٹھے کے ایک کنارے پر آکر بیٹھ گیا اور اس بات کا انتظار کرنے لگا کہ کوٹھے کے نیچے سڑک پر کوئی بھلا آدمی آئے تو ٹوکرے میں بھرا ہوا کوڑا کچرا پھینکے، کیونکہ میاں صاحب نے کہا ہے کہ بھلے آدمی کو دیکھ

کر پھینکنا۔ اتّفاق یوں ہوا کہ ذرا دیر بعد ایک نہایت شریف آدمی دُھلے دُھلائے پاک صاف کپڑے پہنے اُدھر سے جو گزرے تو نوکر نے جھٹ سے وہ ٹوکرا اُن کے اوپر پھینک دیا۔ بے چارے آفت کے مارے راہ گیر کو بڑا غصّہ آیا اور غضب ناک ہو کر بولا۔

"ابے او مسخرے! تو اندھا ہے جو بھلے آدمیوں پر کوڑا کچرا پھینکتا ہے؟"
راہ گیر کی یہ بات سُن کر وہ بے وقوف بولا۔

"بڑے صاحب! میں کیا کروں، مرزا صاحب کے کہنے سے پھینکا تھا'
تمہاری تو وہ مثل ہے کہ
'دھوبی سے جیتتے نہیں، گدھے کے کان مروڑتے ہو'
نوکر کی یہ واہیات بات سُن کر راہ گیر کو اور زیادہ غصّہ آیا۔ ترُخ کر بولا۔

"ابے تیرا کون سا مرزا ہے۔ بلا تو سہی۔ کیا وہ ایسا سنکی پاگل ہے کہ بھلے آدمیوں پر کوڑا کچرا پھکواتا ہے"
یہ سُنتے ہی اُس بے وقوف نوکر نے ہانک لگائی۔

"مرزا صاحب! ذرا اِدھر آئیے۔ آپ کو کوئی بھلا آدمی بلا رہا ہے"
مرزا جی دوڑے دوڑے آئے۔ اگر کیا دیکھتے ہیں کہ کوٹھے کے نیچے سڑک پر ایک نہایت شریف آدمی کھڑا ہے اور غصّے سے لال پیلا ہو رہا ہے۔ گنڈیری کے دو چار چھلکے اُس کے سر پر بھی پڑے ہیں۔ راہ گیر نے جو مرزا جی کو دیکھا تو ترُخ کر بولا۔

"او مرد آدمی! یہ کون سی آدمیت اور شرافت ہے کہ بھلے آدمیوں پر کوڑا کچرا پھکواتا ہے؟"

راہ گیر کی یہ بات سُن کر مرزا جی نے بے وقوف نوکر سے ڈپٹ کر کہا۔

"اے مسخرے! میں نے تجھ سے یہ کب کہا تھا کہ یہ کوڑا کچرا کسی شریف آدمی کے مُنہ پر پھینکنا ہے؟"

نوکر جھٹ بولا۔

"میاں! تم نے نہ کہا تھا کہ بھلے آدمی کو دیکھ کر پھینکنا، سو ان سے بھلا آدمی کون ہوگا؟"

راہ گیر یہ بات سُن کر نوکر کی بے وقوفی کو بھانپ گیا، مُسکراتے ہوئے بولا۔

"خیر معلوم ہوا"

مرزا جی نے ہاتھ جوڑ کر راہ گیر سے کہا۔

"حضرت سلامت! آپ اس وقت مجھ غلام ناکام کو جو چاہے سو کہہ لیجیے، اس لیے کہ یہ بے وقوف عقل سے معذور ہے۔ اس کا کوئی قصور نہیں، قصور میرا ہی ہے"

مرزا جی کی یہ معافی تلافی سُن کر بے چارہ وہ بھلا آدمی اپنے گھر چلا گیا۔

یک نہ شد، دو شد

ایک دن کیا ہوا کہ ایک سائیس اپنے رئیس کا گھوڑا نہلانے کے لیے دریا پر لے گیا۔ اتفاق کچھ ایسا ہوا کہ گھوڑے کا پاؤں بھنور کنڈ میں جا پڑا اور وہ بے اختیار غوطے کھانے لگا۔ سائیس نے جیسے تیسے اپنے آپ کو تو بچالیا، لیکن گھوڑا دریا میں ڈوب گیا۔

اس ناگہاں حادثے کی وجہ سے سائیس پریشاں حال دوڑتا ہوا اپنے آقا کے پاس آیا اور بولا۔

"میاں صاحب! آپ کا گھوڑا دریا میں فرار ہوگیا"

یہ بری خبر سن کر آقا بے تابی سے اٹھا اور نوکر سے کہا۔

"اے بے وقوف! چل میری تلوار اٹھا دیکھوں تو سہی تو نے میرا گھوڑا کیوں کر ڈبو دیا"

غرض کر آقا بے چارہ سائیس کے ہمراہ دریا کے کنارے پہنچا اور پوچھا۔

"اے احمق! بتا تو سہی تو نے میرا وہ تیز رفتار گھوڑا کہاں ڈبویا؟"

یہ بات سنتے ہی اس بے وقوف نے تیزی سے تلوار دریا میں پھینک کر کہا۔

"میاں صاحب! دیکھیے اس جگہ آپ کا گھوڑا ڈوبا ہے"

رئیس نے جو سائیس کی یہ حرکت دیکھی تو بے اختیار ہو کر بولا۔
"خوب! ایک نہ شُد، دو شُد۔ پہلے تو میرا بیمار گھوڑا ڈبویا اور اب تلوار بھی بے وقوفی کی لہر میں ڈبو دی۔ اے نالائق! کوئی بھی ایسا کام کرتا ہے بے وقوف نے کیا۔ بس اب مجھ پر ظاہر ہو گیا کہ تو نرا احمق ہے۔ چل دُور ہٹ میرے سامنے سے"
آخرکار رئیس نے اس بے وقوف سائیس کو نوکری سے برطرف کر دیا۔

———————————

بیوہ بیوی

ایک دفعہ کا ذکر ہے کہ ایک آدمی جو بہت بھولا بھالا اور بے وقوف تھا، اپنے گھر سے بہت دُور کہیں نوکری پر گیا۔ کئی دن بعد کچھ ایسا اتفاق ہوا کہ اُس کی بیوی اپنے گھر کے دالان میں بیٹھی مُنہ دھو رہی تھی۔ اُس نے اُس وقت ناک سے نتھ اُتار لی تھی۔ اُدھر سے ایک نائن کا گزر ہوا۔ نائن نے جو دیکھا کہ بی بی کی ناک بے نتھ ہے تو اُس نے اپنی عقل کے مُطابق دل میں سوچا کہ شاید ہماری بی بی خدا نخواستہ بیوہ ہو گئی ہیں، جو ناک میں نتھ نظر نہیں آتی۔ یہ سوچتی سوچتی وہ اپنے گھر آئی اور اپنے نائی شوہر سے بولی ۔

"تو یہاں بیٹھا کیا کر رہا ہے، جلد خبر لے، فلاں بی بی بیوہ ہو گئی"۔ یہ خبر سُنتے ہی میاں نائی فوراً اپنے گھر سے روانہ ہو گئے، اور چلتے چلتے پہنچے اُس جگہ جہاں وہ بھولے بھالے صاحب مُلازم تھے۔ نائی نے اُس سے کہا۔

"لے میاں صاحب! یہاں کس فکر میں بیٹھے ہو۔ وہ تمہاری بی بی بیوہ ہو گئیں"۔

میاں صاحب نے جو یہ غم ناک بات سُنی تو بے اختیار داڑھیں مار مار

کر رونے لگے اور بیوی کے بیوہ ہونے پر افسوس کرنے لگے۔
اس پاس کے لوگوں نے جو یہ عجیب ماجرا دیکھا اور سنا تو بولے۔
"لے بے وقوف! ذہن سے خالی! کہیں بھی سنا ہے کہ میاں زندہ
رہے اور بیوی بیوہ ہو جائے"
سب کی یہ بات سن کر اُس نے روتے روتے جواب دیا۔
"بھائی! تم لوگ کہتے تو سچ ہو۔ پر کیا کروں! گھر سے معتبر نائی آیا
ہے اور یہ وحشت اثر خبر لایا ہے۔ میرا تو حال تباہ ہو رہا ہے"
اُس کی یہ بات سن کر سارے لوگ قہقہہ مار کے ہنسنے لگے۔

———————————

داڑھی میں آگ

ایک دفعہ کا ذکر ہے کسی قصبے میں ایک قاضی جی رہا کرتے تھے۔ تھے تو وہ قاضی ہی، لیکن بہت بے وقوف تھے۔

ایک دفعہ وہ کوئی کتاب پڑھ رہے تھے۔ کتاب میں اُنھوں نے یہ لکھا دیکھا کہ جس شخص کا سر چھوٹا ہو اور داڑھی بے اندازہ بڑی ہو تو وہ شخص بالکل بے وقوف ہوتا ہے۔

یہ بات پڑھ کر قاضی جی خود کے بارے میں غور کرنے لگے۔ اتفاق سے یہ دونوں باتیں خود قاضی جی میں موجود تھیں۔ ان کا سر چھوٹا تھا اور داڑھی بہت لمبی! کتاب میں یہ بات پڑھ کر اُنھوں نے سوچا۔ چھوٹے چھوٹے سر کو تو بڑا نہیں کر سکتا البتہ داڑھی کو کم کرنا تو اپنے بس کی بات ہے۔ یہ سوچ کر اُنھوں نے قینچی تلاش کی لیکن اُس وقت کہیں بھی قینچی اُن کے ہاتھ نہ آئی۔ آخر کار ناچار ہو کر آدھی داڑھی ہاتھ میں پکڑ کر چراغ کی لَو کے سامنے کر دی، فوراً داڑھی نے آگ پکڑ لی اور جب آگ قاضی جی کے ہاتھ تک پہنچی تو بے اختیار ہاتھ سے داڑھی چھوڑ دی۔ اس کا نتیجہ یہ ہوا کہ قاضی جی کی پوری داڑھی جل گئی اور اُن کی صورت

بُجھتی ہوئی دوسری کی سی ہو گئی ۔ غرض یہ کہ قاضی جی کو اپنی اس نادانی پر بے حد شرمندگی ہوئی ۔ اُنھوں نے دل ہی دل کہا۔

"کتاب کی بات آخر سچ ثابت ہوئی اور داڑھی کے جل جانے سے اپنی بے وقوفی سامنے آ گئی"

حماقت کا بوجھ

ایک تھا بے وقوف! وہ ایک گھوڑی پر بیٹھا کہیں جا رہا تھا لیکن عجیب بات یہ تھی کہ اُس نے اپنے سر پر گھاس کا ایک گٹھا لاد رکھا تھا، اور گھوڑی پر خود سوار ہو کر ٹک ٹک مِلک کرتا چلا جا رہا تھا۔ یہ حماقت بھرا حال دیکھ کر ایک شخص نے اُس سے پوچھا۔

"میاں بڑے بے وقوف ہو! خود تو تم اِس تیز رفتار گھوڑی پر سوار ہو مگر گھاس کا گٹھا اپنے سر پر لاد رکھا ہے۔ ایسا کیوں بھئی! یہ گھاس بھی گھوڑی پر رکھ کیوں نہ دی۔"

یہ بات سُن کر بے وقوف صاحب نے جواب دیا۔

"اے عزیز! بے وقوف میں نہیں ہوں۔ بے وقوف تو ہی ہے۔ ارے یہ گھوڑی گابھن ہے۔ ایک تو اس کی کمر پر میں چڑھا ہوا ہوں، اوپر سے اس پر گھاس کا گٹھا بھی لاد دیتا تو اتنا بوجھ یہ بھلا کہاں اُٹھا سکتی تھی۔"

بے وقوف کی اِس بات کو سُن کر اُس آدمی نے کہا۔

"ہاں! واقعی تو عقل مند ہے اور میں بے وقوف!"

———————

گدھا گم ہونے کی خوشی

ایک آدمی کا گدھا کہیں گم ہو گیا تو اُسے گدھے کی جدائی کا بڑا افسوس ہوا۔ گدھے کے یوں غائب ہو جانے پر وہ افسوس بھی کرتا جاتا اور ساتھ ہی ساتھ شکر بھی ادا کرتا جاتا۔ ایک شخص نے جو یہ تماشا دیکھا تو اُس نے پوچھا۔

"کیوں بھئی! یہ کیا بات ہے کہ تم اپنے گدھے کے گم ہو جانے پر افسوس کے ساتھ شکر بھی ادا کر رہے ہو؟ اس عجیب حرکت کا کیا سبب ہے؟"

گدھے کے مالک نے یہ سوال سن کر جواب دیا۔

"اے عزیز! میں اِس واسطے شکر کر رہا ہوں کہ یہ اچھا ہی ہوا کہ اُس گدھے پر اس وقت میں سوار نہ تھا، نہیں تو اُس کے ساتھ ہاتھ کے ہاتھ میں بھی گم ہو جاتا"

شیطان کی داڑھی

ایک دفعہ کا ذکر ہے کہ ایک آدمی نے خواب میں شیطان کو دیکھا تو بڑا غصّہ آیا۔ اُس نے جھٹ سے شیطان کی لمبی داڑھی پکڑ کر تڑاق سے ایک طمانچہ جڑ دیا اور کہا۔

"کیوں بے شیطان بے ایمان! تُو نے یہ داڑھی اِسی واسطے بڑھائی ہے کہ اِس طرح تُو سیدھے سچّے انسانوں کو دھوکا دے کر اُنھیں گمراہ کرے"۔ یہ کہہ کر اُنھوں نے ایک اور زوردار طمانچہ شیطان کے گال پر جڑا۔ فوراً ہی بھائی کی آنکھ کھل گئی۔ اب کیا دیکھتے ہیں کہ اپنی ہی داڑھی اپنے ہاتھ میں ہے اور دونوں گال طمانچوں کی مار سے جلّا رہے ہیں۔

———————————